MICHAEL ONDAATJE
手 书
Handwriting

〔加〕迈克尔·翁达杰 著

陶立夏 译

人民文学出版社

著作权合同登记：图字 01-2022-4417

Handwriting
©1998 by Michael Ondaatje
Published by arrangement with Trident Media Group, LLC,
through The Grayhawk Agency Ltd.
Simplified Chinese translation copyright ©2022
by Shanghai 99 Readers' Culture Co., Ltd.
ALL RIGHTS RESERVED

图书在版编目（CIP）数据

手书 /（加）迈克尔·翁达杰著；陶立夏译 .
— 北京：人民文学出版社，2022
（巴别塔诗典）
ISBN 978-7-02-017423-2

Ⅰ.①手… Ⅱ.①迈…②陶… Ⅲ.①诗集–加拿大–现代 Ⅳ.① I711.25

中国版本图书馆 CIP 数据核字 (2022) 第 155566 号

责任编辑　卜艳冰　何炜宏　邰莉莉
装帧设计　李苗苗

出版发行　人民文学出版社
社　　址　北京市朝内大街 166 号
邮政编码　100705

印　　制　凸版艺彩（东莞）印刷有限公司
经　　销　全国新华书店等
字　　数　30 千字
开　　本　889 毫米 ×1194 毫米　1/32
印　　张　3.25
插　　页　5
版　　次　2022 年 10 月北京第 1 版
印　　次　2022 年 10 月第 1 次印刷
书　　号　978-7-02-017423-2
定　　价　55.00 元

如有印装质量问题，请与本社图书销售中心调换。电话：01065233595

献给罗萨林·佩雷拉

长夜中你静卧不眠
守护不值一提的我：
你至为安稳的手
引领我走过坎坷大地……

目录

一

君子喻德以玉　_3

呼喊的距离　_7

被掩埋　_9

窃贼兄弟　_18

致阿努拉德普勒　_22

僧伽罗/建筑的/第一法则　_25

中世纪海岸　_26

被掩埋（二）　_27

二

九种情绪　_39

三

航　班　_59

水　井　_60

诗　镜　_65

与多米尼克驾车/行驶在南省/我们看见了马戏团的
　　蛛丝马迹　_67
死在塔拉伽马　_68
大　树　_71
故　事　_74
红崖上的房子　_84
足　迹　_86
余　墨　_89

致　谢　_95

君子喻德以玉

在艺术中敌人总是由狮子察觉。①

在我们的凯旋书中
战场之上
无论你于何处看见华盖
都知晓国王在它的影下。

我们以神话开场继而引入真实事件。

存在着新的职业。鱼鹰女
在养虾场高喊着吓跑鸟群。
踩高跷的人。走钢索的人。

---

① 印度神话中善战的女神杜尔迦即难近母,征战时以不可战胜的雄狮为坐骑。

_4

总有"不成器的留级生"
校长借此挫败
挑衅他的学生。

轿辇中载的是献给一位女神的武器。①

竹筒在十七世纪的日本砍下
我们用来存放诗。

我们将铃铛系于猎鹰。②

米欣特莱③ 泥沙堆积的水榭。
M 这个字母④。"因此"这个词。

有潦草的文书。
有二维的传统。

孤独者耗费他们的年月

---

① 杜尔迦有 10 条手臂,战斗时众神送给她各种武器。
② 狩猎时猎人借铃声判断猎鹰的位置。
③ 孔雀王朝时期,王子摩哂陀将佛教传入锡兰,他的船在米欣特莱靠岸。
④ 摩哂陀(Mahendra)和米欣特莱(Mihintale),都以字母 M 开头。

著一本佳作。费德里克·泰西奥
恩赐我们《赛马培育》。

在我们的剧院里人类
奇妙地化身为其他人类。

来自波隆纳鲁沃[①]的手镯。
来自加姆波勒[②]的九格宝盒。
研究牛铃的考古学者。

我们信奉无止尽的人生,内心的自我。

浪子是做爱时夜色未至
或屋内灯火不熄的人。

蒙眼行走在阿尔罕布拉宫
留意水的声响——你的手
能感觉它淌下栏杆。

[①] 波隆纳鲁沃(Polonnaruwa),斯里兰卡古城,位于该国东北部。
[②] 加姆波勒(Gampola),斯里兰卡古城,位于该国中部。

6

我们将节假日与满月对应。

庙宇中凌晨三点,清洗众神。

方言的形成。

佛陀入寂时左脚微动。

伟大的作家,垂死,呼唤着,
他小说里虚构的医生。

走钢索的人来自库鲁内格勒
发电机被叛乱者关闭时
他站立
晃动于我们头顶的黑暗中。

呼喊的距离 ①

我们曾居住于中世纪的海岸
诸武士王朝的南端
在风的古老时代
它们驱赶万物。

北方的僧侣到来
顺我们的河流漂来——那是
没有人吃河鱼的一年。

无森林之书,
无海洋之书,但就在这里
人们死去。

手写的字迹现于浪间,

---

① 原文为 shouting distance,意为呼喊可以听见的距离,即近距离。

叶上，烟雾的脚本，
马哈威利河① 上一座桥的告示牌。

缓缓接受这门新的语言。

---

① 马哈威利河（Mahaweli），斯里兰卡最长的河流。

被掩埋

在战争时代被掩埋,
在恶劣天气里,在下着
刀与火刑柱的雨季。

石与铜做的神
于夜间休战时分
抬过沉睡的营帐
装上连筏沿海岸漂去
漂过卡卢特勒①。
　　　　将被掩埋
以护周全。

去掩埋,在摇曳的火光里,
在夜晚的洪水中

---

① 卡卢特勒(Kalutara),斯里兰卡西南部的沿海城市。

掩埋巨大的石刻佛头。
由寺庙的僧人
从他们的寺庙拖拽而来，
遮盖泥土与稻草。
舍弃
他们自身的庄严，
在政治灾难中
用双臂
搬运寺庙的信仰。
　　　掩藏
佛陀的身姿。

泥土之上，杀戮与角逐。
一颗心沉寂。
舌头被割去。
尸体混入燃烧的车胎。
泥土怒目回望
凝成一道注视。

*

一尊公元七五〇年雕刻的三昧佛陀像
被巧妙掩藏，躲过战争，
躲过寻宝人，和五十年的宿怨纷争。
一九六八年它被僧人们发现
笔直坐立
深埋阿努拉德普勒①的泥土之中，
双眸半闭，双手
结禅定印。

由绳索拉出地面
拽入纷繁世间。
拽入热浪、虫鸣，
沐浴者在水池里溅起水花

在他四周，
铜即是铜，
色即是色。

*

---

① 阿努拉德普勒（Anuradhapura），斯里兰卡最古老的城市，历史超过 2500 年。

在森林的心脏,信仰。

石柱。舍利塔的遗迹
被拖至丛林外的空旷。

人的形象毫无留存。

不朽的是砖、石,
一面黑色的湖水,在那里水消失
没入泥土复又升起,
石塔的拱梁里回响着一座山峦。

菩提树。礼堂。画像室。

一排石头
十二世纪僧侣们
安歇处的边缘,

他们信念的口袋
埋在尘世之外。

薄暮。草与石变蓝。

黑色的湖。

七百年前
一队橘黄色的僧侣
如伤痕行过开阔地
那时刻的天空
几乎是橘黄色。
　　　　一只橘黄的鸟。
米饭碗中,一粒橘黄的种子。

他们在此存在了两百年。

当战争靠近
他们将佛像搬进更深处
搬进密林里消失踪迹。
口袋缝住了封口。

水面下沉
低过地面之处,他们挖掘
埋葬神圣之物
然后躲进更深处
这片黑色的湖

复又出现
再消失。无名湖水
知道的只有它的颜色。

迷失的僧侣们
饱受惊吓或余生
不发一言,
他们枯瘦凋谢
如落叶的骨骼。

十五代人之后武装的人躲进
丛林中,设陷阱捕猎动物,
摘下猩红色树叶或煮
或烧或当烟草。
战争的不同派别。
　　一百种信仰。

搬运卧佛的人,
或扛着迫击炮
焚烧敌人的人,当听见直升机的声响,
消失在坑洞里。
女孩戴着藏毒药的项链
让自己免遭蹂躏。

就像女人戴着护身符
内藏她们卷起来的命运
写在贝叶之上。

佛像的重量
和加农炮管相当,
他们奔跑时在赤裸的肩膀留下瘀伤,
吊上岩架,
再用绳索放下
放入另一个挖好的深坑。

埋葬佛陀的石身。

覆盖柔软的泥土
再来一具动物的尸首,

播下一粒种子。

        于是根脉
像盲僧的手指
两百年的时间里蔓延于他的面庞。

    *

夜晚的热症

俯瞰一面湖
它掩埋过一座村庄

俯向一张桌
听说被淹没的
村庄的名字时
因热度而震颤

我的骨中有水
一缕机遇的幽魂

岩上的壁画
被阿米巴菌侵噬
街道与庙宇
在夜色中水的峭壁间
颤动

有个发热的人
被埋葬于

房间的黑暗

*

沉没的村庄上空有闪电
托马斯·默顿[1]因触电身亡

但或许我必须毁灭两次?

---

[1] 托马斯·默顿(Thomas Merton, 1915—1968),美国作家和修士、神秘主义诗人、学者。

窃贼兄弟

四个人盗窃加尔格穆沃寺的
青铜佛像
自此从他们的家族消失

铜像被搬运过
丛林的小道
它的右臂举起
指向猛烈晃动的天空
结的手印是
"护法""无畏"

向着层云与鸟鸣
朝着它身下行走的四人
内心骤至的惊恐

佛陀和他们

彻夜守在一小簇
荆棘的篝火旁，触碰
他肩头的僧袍，
结推究印——"这手印
呼求讲演释法。"
三个男人睡去。
最年轻的添着柴火
在铜像旁，
得以吃到蜂蜜
当夜色渐深
当声响沉寂又模糊，
夜晚的时辰流转
流向林林总总各种动物。
我们这样的生物，他想。

在烈焰的瞳孔上方
所有地理被焚毁

没有山峦或星辰
没有河流的声响，
　　　　无物
指引他的方向。

他的世界

是一只蜂蜜罐

罐旁是一尊佛

火光中

那凝视无有止息

  他爬上

铜像的后背

握着刀

快速移动他的手臂

取下双眼

  碎裂的宝石

落入他手中

  随即将无辜者

从他的噩梦中

吓醒

揉搓他自己的眼睛

他站起身

呼吸夜色

空气深深
进入他身体

尽全力
吞进所有
荆棘的烟雾

九种细小声响
一阵遥远的凉意

　　　　　黑暗的平静
像一口水做的洞穴

致阿努拉德普勒

在干燥的土地上

向北,每隔几英里,
路边就有一座象头神

竹子脚手架上
稻草扎的人像
宣传着一个
踩高跷的人家

二十英尺[①]高的男人
走过田野
经过小道
凭借他们极细的手臂

---

① 20 英尺约等于 6.1 米。

和"撒谎的双腿"

高个男人的舞蹈
以史前鸟类的动作
练习着降落

于是在伊鲁克威瓦①的
小村庄
男人们成为神

象头神涂着粉色
　　　　涂着黄色,
涂着大象的深色

他最简朴的神龛
他的画像

黄绿色的粉笔
画在灰石板上

所有这些荣光

---

① 伊鲁克威瓦（Ilukwewa）位于斯里兰卡的中部。

_24

带我们前往阿努拉德普勒

它暗夜的信仰

这城市拥有一条河流的
环绕和它的符咒

树下的家族
围着火焰的心脏

献供的人们
来自旱区的
小村庄

围绕舍利塔
顺时针低语颂唱，
他们头顶
是焚着热炭的碗

赤足轻声诉说

我们因这条河的牵引
轻颤漂流

僧伽罗
建筑的
第一法则

永不在一条直线上
盖三道门

魔鬼或许会
冲破它们
深入你的房屋
闯入你的生活

中世纪海岸

石匠的村庄。预言者的村庄。
人们挖向泥土深处寻找宝石。

姻亲组成的马戏团将自己堆成树形高塔。

家庭生活。南部沿岸惧怕分离。

每个石匠有他的秘密印记,他凿子的角度。

在预言者的村庄
熟悉的动物骨骼
指引着解读。

这种智慧只在三十英里范围内传播。

被掩埋（二）

1

我们在各座寺庙间
偷运佛牙五百年
一三〇〇年至一八〇〇年。

我们曾将文库
埋在巨大的药材树下
入侵者将其焚烧
——那时我们失去了书籍，
科学和符咒的诗篇。

佛牙捡自炙热的土壤
藏在我们发间又被再次掩埋
沉没于一条河的激流。

当他们离去我们潜向它
将它藏在发间带走。

2

八世纪时我们凶险的港口
已沉没波斯的船只

我们将圆柱插入泥土
以发现往昔的地平线

在旱区我们爬上巨大的岩石
从风景中拔地而起

我们看见森林的地方
国王看见池塘花园

一条河道奉命回旋
并倾泻

  他几乎看见
它的银光
朝我们汹涌而来

3

诗人们将其故事写于岩石和树叶之上
以庆祝日间的劳作，
夜晚黯淡的喜乐。
金色的雾气①，他们说。
围绕着佛陀②……

他们安睡，声名显赫，睡在王宫的庭院
遭追捕时他们隐入密林
罪名是他们构思爱与科学的艺术时
正烽烟四起。

他们在他们的暗处被发现
——如同火炬举向夜晚的海
暴露鱼的身形——
被杀害并更负盛名。

---

① 原文为 Kanakara，来自梵语 Kanakadhārā，kanaka 意为黄金，dhārā 意为水汽。
② 原文为 Tharu piri，Tharu 来自梵语 Sthabir，意为僧侣或佛陀，piri，意为围绕。

4

我们遗落的事物。

情诗的内在
自我的深度
日常生活的广阔

抛弃某些规则
这事发生的日期。

谦恭的准则——如何进入
庙宇或森林,如何触碰
大师的双足,在课程或表演开始之前。

击鼓的艺术。描画眼睛的艺术。
如何削一支箭。情侣间的体式。
她留在他肌肤上的齿痕
由一位僧人凭记忆描绘。

背叛的尺度。五种

嘲笑旧爱的方式。

以九种手势与眼神
表达关键的情绪。

孤独的扁舟。

自爱中
升起
复归空气的歌词

毫不掩饰的狡诈
和颂扬。

我们的作品与白昼。

我们曾知晓季候风
（西南，东北）
如何控制动物的习性

以及何时去发掘
死者的智慧

藏在云间,
河中,断石里。

这一切被我们焚毁或用以交换权力与财富
源于仇恨的八个基准点

出自嫉妒的两个层次

5

在诸王的密林中

一棵琼崖海棠树,一株马蹄莲,
一束薄暮蓝的羽扇豆

鹦哥花树。数株珊瑚果。

做火柴的糖胶树
清洁牙齿的牛乳树细枝
贝叶上撰写的是
我们信仰的诗篇

深蓝色用于眼睑,航空信件

椰子树叶的中肋
来编织一道藩篱

还有草药粉、草药膏
复方草药,致幻止痛药……

南方大部分暴力
缘于树的归属,

边界线——果实
以及它们落在何处

数宗谋杀为着一棵菠萝蜜树。

6

多年间总统只建造钟楼。

主要死因
有"法外处决"
和"典型杀戮"。

"一个女人说有个男人假扮成军方人员让她拿出花园里的四棵菠萝蜜树作为释放她数年前在恐怖时期遭逮捕的儿子的报酬。"
       《每日新闻》，1994年10月15日

凌虐的地址在柯露皮蒂亚①的加勒路上

各派都雇用了打手兵团

我们的考古学家挖掘时发现的
是失踪学童的尸体

———————

① 柯露皮蒂亚（Kollupitiya），斯里兰卡首都科伦坡的远郊。

7

爆炸的高温
为所有金属消毒

钢珠和铁钉
在手臂，在头部。
碎弹片在双腿。

耳道
被震波损毁。
盔甲街上
失去平衡的人们
围在死去的总统四周。

那些
找不到尸首的人。

8

"所有那些诗人声名显赫如帝王"

Hora gamanak yana ganiyak	一个女人去幽会
kanakara nathuva	不戴珠饰，
kaluwan kes kalamba	发色漆黑，
tharu piri ahasa	天空群星美丽

二

九种情绪[①]

（岩石、书籍与树叶上的古老图画）

[①] 古印度审美体系中认为人有九种感知或情绪，梵文称之为 Rasa。

1

整天都有欲望
进入男人的内心

来自 ____ 村的女人
沿门廊走动
身系勾人的铃铛

从那月亮的口中
吐纳呼吸

燧石的箭头
在她们发间

2

她站在最后一线白昼中
持一面小镜
卧室中描画双眸

檀木刷顺锁骨而去

暗绿色丝绸

一只鞋
落在腰果树的阳台

这些夜晚"池塘
因持续的抽水而干涸"

与此同时一个男人的心在灼烧
他的上颚彻底干燥
在盖拉皮提盖拉路上

想象着那片森林里有水

3

科伦坡药房里的
烟视媚行

阳光下的欲望

Aliganaya——意为"漫步时
一次意乱情迷的拥抱"
或者"驶过减速带时
突然的兴奋"

亲吻
乳房上的胎记
拽着他莲花的花茎
(按字面意思翻译)
在埃迪斯·格罗夫路上

或是沿着阿马拉赛克拉·玛瓦萨路
"在车座上冲锋陷阵"

有个人从更高处
在腰果树的阳台上
看见了这些火光

它们如黄金游荡
渴望的拉加曲调
似她变幻的绿色长裙上
被照亮的珠片

4

混乱的状态
归咎于你手臂的动作
或者你的窃笑

国王的大象们
已渡过河流
出发去战斗

他的侍卫们在昏暗走廊上闲逛
满是昆虫啁啾

我去往此次会面的小径
被闪电照亮

你的大笑带着它的
吸气声。唔呜。

迦昙婆树枝被
暴风雨赶入卧房

你敷粉的肛门
你垂在我腹部的秀发
发射它沉重的箭矢

5

桥梁的弧度
抵住她的双足

她纤细的影子落下
透过石板
坠向波动的水

一个女人和她的回声

她经过那丛花时
踢的那朵莲花蕊

你向镜中凝望
那里定格着她描画过的眼眸

忠于职守的古老蚂蚁
藏在典礼用的旄扇中
朝着她的踝骨
行进攀爬

大黄蜂在南方的牧场

喝醉了

这种昆虫的

名字里

有两个字母"r"①

---

① 在斯里兰卡语中,大黄蜂为 Bhramarah,有两个 r。

6

五首不曾提及河虾的诗。

7

伯拉雷加穆瓦①的女人
在河中央将莲花连根拔起
漂浮的花粉染红了皮肤

庆祝清洗
武器和手镯的歌谣

丈夫不在场时的这种欢笑

漏网的虾靠腿躲藏

她们腹部的三层皱褶
被认为是美丽的标志

在这些午后
她们试戴所有的手镯

---

① 伯拉雷加穆瓦（Boralesgamuwa），斯里兰卡城镇，离科伦坡14公里。

8

甜椒藤抖啊抖啊
像某个陷入爱河的人

树叶的纹样

藏红花和稗草籽
落在放于低处的枕上
他们的呼吸在那里相逢

当她松开
臀上那根
系着三个铃铛的细线

她无畏的心
如轻盈的仓鸮
整夜撞击着他

9

一本古老的书关于癫狂的
毒药，一张地图
关于寺庙的森林，
一册编年史曾以梵语诗篇的方式
漂洋过海。
我手捧这些
但对我来说你已是
一缕幽魂。

自那些日子里我将
你的天性赶走
我手捧的不过是你的影子。

一只沦为懦夫的鹰。

我捧着你就像天文学家们
在智者云集之处
为彼此描绘星群

将贝壳
置于深色的毯上
道:"这些
就是天空"

计算着伟大星辰
运动的轨迹

10

步行穿过暴风雨赴一场幽会,

她潮湿幽暗的光晕

颂诗①,韵脚②,隐秘的感知

瓦萨塔提拉卡③或乌帕迦提④的格律

赤足走下硬木的阶梯

此刻汇聚的是,

她的双眸,

她的手指,她的牙齿

当她收紧

遮住猎鹰视线的头罩

---

① 颂诗(Sloka),音译输洛迦,古印度的一种诗体,原意为赞颂,这种韵文被广泛地用于梵文史诗与神话。
② 韵脚(Pada),梵文中pada为脚的意思,引申为诗歌经文的韵脚。
③ 瓦萨塔提拉卡(Vasanta-Tilaka),梵文诗歌格律的一种,要求每段诗的最后一个音节为重音。
④ 乌帕迦提(Upajati),梵文诗史《毗湿摩纪》(*Bhishma Charitra*)中使用的格律。

爱以万千种伪装到来并逝去

我们不敢动弹

因为古老的黑暗

抑或青涩的险境

一如我们收回的话语

我们如履薄冰的心

11

先于欲望的生命,
没有知觉。
如城市没有河流与钟声。

那里森林
尚未砍伐
来谋钱财或制书籍

相反它的花朵
将心灵关闭

那里的祈愿者
没有哀愁
可以与之交谈

不存在该死的爱情的那间房
又在哪里?

三

航　班

兰卡航空五号航班半明半暗的机舱里
我身旁七十岁的老太太开始梳理
她银色的长发,然后在幽暗的光线里编成辫子。

她的丈夫,加雅辛格先生,安睡在她旁边。

嘴里咬着发卡。她缠绕自己的发,
将它蜷成圆髻,和我母亲的一样。

距离抵达卡杜纳亚克机场尚有两个小时。

水　井

1

绳索猛然拽起
于是水桶飞升
被你捕捉

倾泻你周身

它的
一刻笼罩

站在阳光下
等待更多,
请再写一首诗

每一遍

辨认与爱抚，
循环往复的欢愉

关于穷尽的事物。
被抒情催眠。
本年度的热吻

仿佛一百次
从行进的火车
跃入海港

仿佛一百次
从行进的火车
跃入海港

2

我遗失的最后一个僧伽罗词汇
是 vatura。
代表水。
丛林里的水。存于吻中的水。我
离开人生中第一个家时
流给奶妈罗萨林的眼泪。

为她流的泪多过任何人
它们再次流过我的双眼
今年,想起她的时候,
那些渴望爱的年月里
一个走散了的几乎是母亲的人

没有她的照片,自十一岁起
再未相见,
甚至不知她的墓在何处。

此刻的我不知道,是谁遗弃了谁。

3

在里提噶拉

遮天蔽日的森林

岩石滚烫

无风的黑色暗影炙热

九个休假的士兵

脱下制服

挖掘一口井

为着感谢

在这场战争中幸存

无名墓里的供品

就像某个你认识的人

会俯身

标记下这个位置

你灵魂所在之处

他们说,永远——

接近伤口。

没有阳光的密林中
在森林水井旁蹲下

自深渊中
汲取失落之物

诗　镜[①]

十世纪时，年轻的公主
进入岩石的池塘，像月亮

置身一朵蓝色的云

她的姐妹们
跃入水中，被火光照亮，
就是闪电

水与情欲

从帝王到造雨的路径

---

① 《诗镜》(*The Siyabaslakara*)，10世纪时第一部僧伽罗语修辞学著作，翻译自7世纪印度诗人、小说家檀丁用梵文撰写的文学理论著作《诗镜》，该书主要讲述文学的体裁和风格派别。

——他黝黑的双肩是一个站台
抵住年轻的足弓

在他上方晃动头部
如此
如此

而后是建造高架渠的技艺

禁止僧侣参加
与水有关的活动

于是他们不会在
悦耳的声响中

或是她如雨的黑发下
正午的炙热里
被抓住

与多米尼克驾车
行驶在南省
我们看见了马戏团的蛛丝马迹

破旧的匈牙利帐篷

一个男人在路边的水龙头上
清洗喇叭

树上的孩子们

一个掉落时
被另一个抓住

死在塔拉伽马

半天时间里停电让这间房子陷入停滞,于是不再有呼呼作响的风扇和嗡嗡的光线。你听见铅笔在黑暗的抽屉中被探触的声响,然后看见它在烛光下浓重的影子,书写着剩余的字词。段落减至一个字。一个标点。随即是另一个字,完整如一个想法,如同一个人的名字承载着性格的错落,包含我们所有的奇遇。我走在走廊上,我也不确定,它们或许,要比房子的其他地方更凉快些。正午的高温。夜晚黑暗中的炎热。

我迷恋今天早晨透过望远镜看到的一只啄木鸟。头顶是红色的毛发,比暗红色浅,比血红色深。距离总是更为清晰。我的视力已不再能聚焦于字词。仿佛我的灵魂是一只钝齿。我向纸页俯身时凑得太低,为了更接近被理解的事物。我写下的那些会渐行渐远。我将只能理解一臂之遥的世界。

我的灵魂能走进那只啄木鸟的身体吗?烈日下的他或许太热,那可能是受限的生活。但如果在早上九时，向我这样提议，我会听从他，用这个身体和他交换。

这个无雨的季节，我四周落叶不断，像死亡持续的习性。有人很快会这样说起我："他的遗体像乞丐一样躺在塔拉伽马。"即便成了尸体依旧虚荣。因为一只青色的手①，不拥有他人的触碰或触碰他人的欲望。

还有别的。不仅仅是啄木鸟。我让车停下时有十头水牛。它们在阳光下被从一边驱赶往另一边。我在三十码外听见它们的脚掌踩在水稻田里的声响，车门为轻风而打开，让我深陷其中无法摆脱的声响仿佛是巨型生物们正脱下外衣并拆除它们的双翼。因为我的头，以及在室外屏息将近一个小时，过后我感觉自己仿佛吸纳了正午的全部光线。

当我垂死之际，无法喝到嘴里的是早期生活中的水。我像植物那样被抚慰，以一块湿布轻拭，我将所有思绪简化为请求。照顾这朵花。少些阳光。窗帘。友人长时间不眠不休看护的时候，我俯身而卧。肋骨的疼痛来自太多睡眠或者发热——这些骨头在鏖战中保护心脏和呼吸，当爱人并肩的时候。唾液，呼吸，

---

① 医学上称为青紫，指因为缺氧或极度低温而使手部呈青紫色。

体液,灵魂。肉体相遇的地方是逃离之所。

但此次是残酷的孤独。当啄木鸟凿木觅食时笔直坚毅的腿撑着菠萝蜜树。当我的灵魂进入时他会感觉到本性的变化吗?它是否会变得更阴郁?还是说,我会一如既往地进入他人的巢,穿着他人的衣服并遵守他人特定的生活规则?

或者我可以跃入齐膝深的满是稻米的淤泥。十头水牛。一个快速的决定。我们终生未曾思虑过要追求什么,却在最后几分钟,突然抉择。今天早晨,选择是一只啄木鸟。一年前是火车上某个人的面庞。我们去往的世界与我们爱的那些人毫无关系。这个女人的手臂我想握住并抚慰,那本书我想制作成石头般紧凑的形状——为了这淤泥、水、牛脚掌和巨翼的声响,我愿意放弃一切。

大　树

"邹复雷死时如龙破壁……"①

这句话由他的朋友诗人杨维桢②
以草书撰写
并裱于画卷中

杨的父亲建造藏书楼
四周百余棵梅花树围绕

邹复雷，几近无名
却画出古往今来
最美的梅

---

① 杨维桢《题邹复雷〈春消息〉图卷》中有"文同龙去擘破壁，华光留得春消息"一句。用"叶公好龙，真龙破壁"而去的典故，比喻邹复雷画作的传神。
② 杨维桢（1296—1370），元末明初诗坛领军人物，精通诗、文、曲，书法也负有盛名。曾作诗拒绝朱元璋出仕之邀。

孤枝迎风而立

他的友人纵向题词

他们墨水的色调
——湿润到模糊
漆黑到浅淡

每一笔撇捺与手势
训练有素而变化无穷
应和着对方的艺术

梅花树围绕的藏书高楼
少年杨维桢苦读之处
移动的梯子被撤走
确保他孤独的专注

他的作品
"放浪形骸""异乎寻常""离经叛道"
"无虚饰痕迹"
　　"无笔画卖弄"

时时以古韵盎然的字迹
飘逸的笔锋,

和邹复雷分享着
他一次次的跃下和种种夜色。

*

"我将永远把你记在心上……"

十四世纪伟大的诗人与书法家
哀叹友人的逝世

言语自空无袭上画纸

无笔画的卖弄

一三六一年一个松烟墨色的夜晚
一个没有楼梯的夜晚

故　事

1

一个孩子最初的四十天
会被赐予有关前世的梦境。
旅行，蜿蜒的小径，
一百个小教训
其后过去就被抹灭。

有人哭喊着出生，
有人满心审慎地游荡
于过往——冬天坐的那趟巴士，
骤然间抵达一座
夜色中的陌生城市。
还有那些离开亲情羁绊的告别
告别遗失与需要之物。
所以孩童的脸是一面湖

装着迅疾流动的云朵和情绪。

最后的机会知晓自我的清晰过往。
我们所有的母亲与祖父母都在场，
我们的各种童年
在过去的房屋中被拆卸。

在我们埋葬地图以前，
一场四十天的绝妙白日梦境。

2

将会有一场战争，国王告诉他怀孕的妻子。
最后阶段七个我们的人将会渡过
那条河往东去并做好伪装
穿过农田。
我们将抵达市集，
和制绳匠交好。记住这些。

她点着头抚摸肚中的孩子。

一个月后我们将进入
那个国王的宫殿。
昏暗的光线透过窄小的高窗。
我们进去时未带武器，
只有篮中的绳索。
我们已训练多年
无声地行走，隐身不见，
没有骨骼的细响，
没有一声呼吸，
即便在点着灯的房间，

这样就能隐没在这座房子里
那里的护卫们在半明半暗中生活。

当那个特定的夜晚来临
七人必须进入横移的大门
记住,面朝下,
像出生时那样。

接着(他告诉妻子)
会有滴水的走廊
一阵喧嚣的雨,一种感觉
有活物在你脚边。
我们进入更为昏暗的大堂,
冰冷潮湿地置身于敌人的武士之中。
为战胜他们我们熄灭最后的光。

激战过后我们必须从另一个方向离开
避开所有通往北面的门……

(国王低下头
看见他的妻子睡着了
在冒险之旅的中途。

他俯身透过皮肤亲吻着
妻子体内的孩子。
他俩都在睡梦中。他躺在那里,
注视着她的面容,屏住呼吸。
他拂开垂在她眼前的一缕头发
将它咬断,将它编入
自己的发中,随即在他俩身边睡下。)

3

因为历史所有的背离
我已无法想象你的未来。
但愿会梦见它,见你
在你的少年时光,如见吾儿。
你已有哲思的气度
与城市的节奏格格不入。
对未来我已不做猜想。
不知晓我们将如何
在何处收场。

然而我知晓一个关于地图的故事,要为你讲。

4

在他父亲死后，
王子带领他的勇士们
进入另一个国家。
四男和三女。
他们伪装好自己并穿过
农田，蔓菁的田野。
他们隐秘而内向
不被知晓，不被觉察。

在麻绳市集
他们结交朋友。
他们是起舞时
轻盈翻滚的舞者，
他们的长发狂野舞在空中。
他们的内向飘然而逝。

他们因心怀热望而魅力四射。
他们因舞蹈而为人知晓。

一天晚上他们离开了床铺。
四男和三女。
他们穿过空旷的不毛之地
游过冰冷的河流
进入城市。

身处守卫中间,无声无息,不被察觉,
他们进入横向的大门
面朝下所以剧毒的刀刃
触碰不到他们。接着,
进入下雨的暗道。

这是一个古老的故事——其中有个人
记得进入的路径。
他们走进最后那个光线幽暗的房间
熄灭了灯。他们在
暗中移动如舞者
置身迷宫的中央
因为一路上不点灯的习惯
得以看清面前的敌人。

胜利之后不知所措。

*

现在将发生什么不被记得。

七人站在那里。
他们中的一个,是那名婴儿,
无法记起剩余的故事
——一个他父亲知晓的故事,那晚
未被讲完,他的母亲睡了。

我们将它记作一个温柔的故事,
尽管他们或已死亡。
父亲瘦削的手臂拢住
孩子的形状,那缕
秀发的滋味在他口中……

七人在被损毁的房间里相拥
梦不到出口
他们将在那里死去。
我们不知道后来发生了什么。
从高窗垂下的绳子
长度不够到达地面。

他们拿过敌人的刀
割下自己的长发编成
绳索然后他们顺着下降
希望它足够长
通往夜色的暗处。

红崖上的房子

在米瑞莎没有镜子

海存在于叶里
浪在棕榈中

古老的语言在
牛尾松的臂膀间
传承①

传承,
一代又一代

一位祖父栽下的凤凰木
曾在大火中幸存

---

① 原文为梵文 parampara。

将自己举过了屋顶

没有框架

这房子是张开放的网

在这里夜色汇聚
聚于一缕气息
　　　　聚于一个步伐
一件物品或一个姿势
我们无法依附其上

夜晚
或长，或短的艰难时分

在那里即便是暗中
地平线上也始终有树

叶间只一盏渔火

化为乌有前最后的足迹

足　迹

僧人的下葬典礼
由坦比利棕榈树构建，白布
不过是一个容器，分崩离析的碎片

正如他的人生。

结局消失，
用以取代自身的是

一些抽象之物
比如空气，一个观点。

我们最后时刻中记得的全部
是一个午后——慵懒的午餐
其后同眠。

其后是悲伤的无序。

*

满月的清晨
在林中的庙宇
三十个穿白衣的女人
静思白昼的箴言
直到天黑。

她们走过深奥难解的小径
她们圆满的心
她们灼热的思绪都专注于
这一步,然后是这一步。

在四方庭院 ①
红色的砖尘中,
神圣七层塔内
波隆纳鲁瓦的
四佛像

---

① 四方庭院(Sacred Quadrangle),波隆纳鲁瓦著名的佛教遗址。

面向每一道地平线
它的雄心笼罩着
一座莲花亭。

比人更高
九根石雕的莲花茎
寂寥地立于杂草中,
这些石柱曾支撑过
另一个楼层。

(愉悦感官的花茎
圣洁的花朵)

如此肉体的渴求
成为恒久之物。
如此欲望变得虔诚
于是它支撑起你的房屋
你爱人的房屋,你神佛的居所。

尽管它已不复存在,
这些石柱曾引领你的脚步
去往高处的房间
那里有敬慕,更轻盈的空气。

余　墨

在某些世纪香气会穿透人的心脏于是他在
鸦与杀手的马车经过时死在暗夜中行走的中途

就像你生活中会有人滔滔不绝地谈论爱与哀愁
然后大笑着离你而去。

在某些语言中书法赞颂的是
你偶遇梅花和月亮的地方

——黄昏的光线，云朵的形状
永远铭记于你心

世界的剩余部分——混沌，
绕行你冬日的扁舟。
梅与月之夜。

数年后你将其分享在
画卷中或将墨迹
刻于石上
以留住生命的景象。

群山中时间的炼乳工厂
——你浸润了雨水的门扉,一整个夏天
人迹罕至。
只有邻村的铃声。
一个女人走下楼梯的记忆。

*

印在古老树叶
或拥挤五世纪印章上的人生

这艺术的镜像世界
——卧于其上如榻。

当你初次见她,
在月与梅之夜,
你无法与任何人说。

你将你的欲望
刻入河中的石头。
你将自己困在
薄如蝉翼的拓本，
墨色浅淡。
无法磨灭的更黑暗的自我。

一枚印章，大师们说，
必须包含弯折与跃动。
"而又将其藏诸流水。"

泛黄，因墨水而微醺，
卷轴向西方展开
一段河上的旅程，每一个故事
暗中都有夜鸮，它稚嫩的长嚎
如今已遥不可及
——父亲与女儿，
那个恋人赤裸着走下蓝色的台阶
每一步都从她唇间晃出哼唱。

我想要死在你心口但时机未至，
她写着，在十三世纪的某个时刻

关于我们的爱

在纸页于年月中泛黄以前

在她的故事成为歌谣,
失传于不确切和不断的复制以前

直到被玉定格

它的光谱能够容纳各种暗绿
和她的眼眸在日光下的浅蓝

*

我们游移的爱情,我们无月的信仰。

笔中残余的墨。

我这具硬床上的身躯。

内心的那个时刻
当我躁动地号叫,寻找着

藩篱细弱的边界
去冲破或者跃过。

跃动以及弯折。

致 谢

这些诗写于一九九三年至一九九八年间的斯里兰卡和加拿大。

《故事》写给阿卡什和米什拉夫人。
《红崖上的房子》写给珊恩和普拉迪普。
《余墨》写给罗宾·布莱瑟①。

有些诗曾发表于以下杂志：《大杂烩》(*Salmagundi*)，《马拉哈特书评》(*The Malahat Review*)，《安泰俄斯》(*Antaeus*)，《伦敦书评》，《恍悟》(*DoubleTake*)，《三便士评论》，《艺术杂志》(新加坡)，以及文集《家书》(*Writing Home*)。《大树》在维多利亚的《非法出版》杂志中以独立单页的方式出版。多谢所有编辑们。

我想要感谢马内尔·方塞卡（Manel Fonseka）、卡姆莱什·米什拉（Kemlesh Mishra）、塞纳克·班达拉纳亚克（Senake Bandaranayake）、安贾伦德兰

---

① 罗宾·布莱瑟（Robin Blaser, 1925—2009），诗人、编辑、评论家，出生于美国丹佛，战后成为北美最杰出的诗人之一，曾在20世纪40年代发起诗歌复兴运动。

（Anjalendran）、蒂萨·阿贝塞卡拉姆（Tissa Abeysekaram）、多米尼克·桑索尼（Dominic Sansoni）、米洛·毕奇（Milo Beach）、埃伦·塞利格玛（Ellen Seligma），感谢他们在这本书写作的各阶段提供的帮助。

《大树》中的一些信息来自《概念到文本——走近亚洲和伊斯兰书法》，这本由史密索尼娅研究所弗里尔美术馆于一九八六年在华盛顿出版的展览目录册。《君子喻德于玉》中的一段话源自哈佛大学出版社旗下贝尔纳普出版社的《私人生活史》。范·莫里森的歌《丝柏树大道》中有句歌词出现在《九种情绪》中。书名页上的图案是岩画艺术的范例，可能是一种字母的变体，发现于斯里兰卡的兰加高尔坎达（Rajagalkanda）。它出现于塞内克·班达兰雅克（Senake Bandaranyake）的著作《斯里兰卡的岩画和笔画》（湖边小屋书店，1986年）。向这些文字的作者致谢。

封面照片，由利奈尔·文德特（Lionel Wendt）拍摄于一九三五年，经斯里兰卡科伦坡利奈尔·文德特基金会善意首肯，得以使用。

致敬页上的引言出自罗伯特·路易斯·史蒂文森的《一个孩子的诗歌花园》。

一些传统以及经典梵语诗和塔米尔情诗的旁注出

现在组诗《九种情绪》中。印度情诗中，九种情绪为浪漫/情欲、幽默、伤感、愤怒、英勇、恐惧、厌恶、惊诧和平静。与之对应的是美学的情感体验，被称为 rasas，或者说况味。

一些词语或许需要解释：parampara，意为"一代传一代"。A dagoba 在斯里兰卡语中是指一座佛塔。